마주 보기

sempé

마주 보기

장자크 상페 글 · 그림 | 배영란 옮김

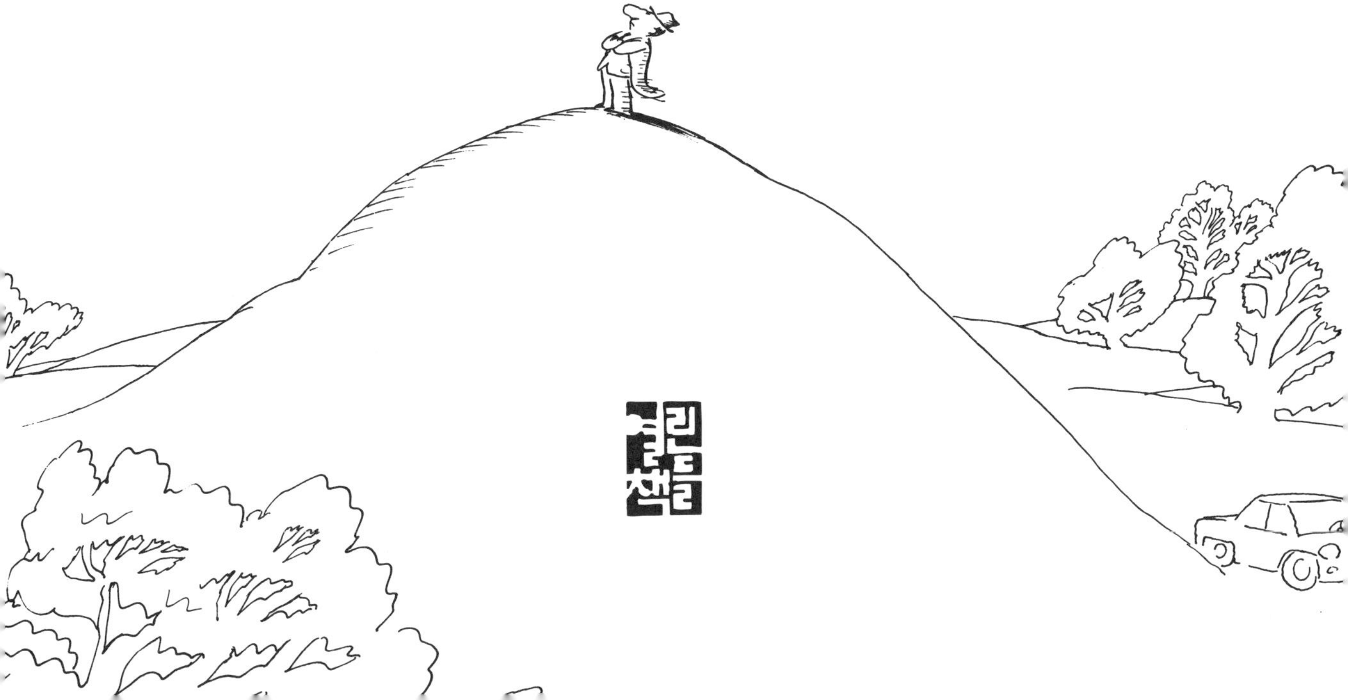

열린책들

FACE À FACE
by
JEAN-JACQUES SEMPÉ

이 책은 실로 꿰매어 제본하는 정통적인 사철 방식으로 만들어졌습니다.
사철 방식으로 제본된 책은 오랫동안 보관해도 손상되지 않습니다.

로베르, 항상 그렇게 정신 차리고 사는 거야.

언젠가 이 꼬마들이 우리처럼 어른이
될 거라 생각하니 무언가 울컥하네요.

세상이 점점 미국화되고 있어.

기억이 가물가물한데 말이야, 우리가 엄청나게
비웃었던 그 〈여성 해방 운동〉이라는 게 시작된 때가
71년이었던가? 72년이었던가?

SALE

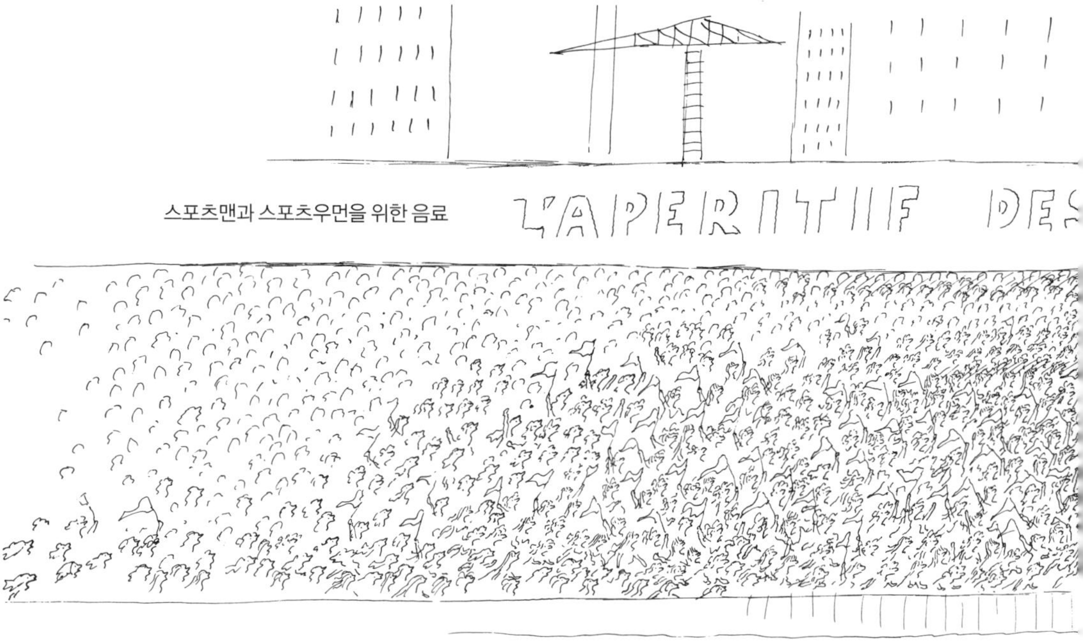

아, 랄랑드 심판, 페널티 킥을 주네요. 꽤 엄격한 결정을 내렸어요. 물론 브리지트 카즈나브에 대한 상대편 선수의 후방 태클이 격하긴 했지만 그렇게 난폭한 건 아니었는데요. 어쨌든 축구란 게 사내애들 놀이는 아니니까요.

PORTIFS ET DES SPORTIVES
S.C.O.S
화이팅!
5

LOVE

LOVE

2분 36초 만에 그녀를 내 것으로 만들었고, 그녀는 진짜 사랑을 알게 됐지.

자기가 신이라도 되는 줄 알 때는 그나마 나아.
자기가 무슨 악마라도 되는 양 굴 때는 말이야, 정말 웃기지도 않는다니까.

전통 여성상 보호 및 보존 위원회

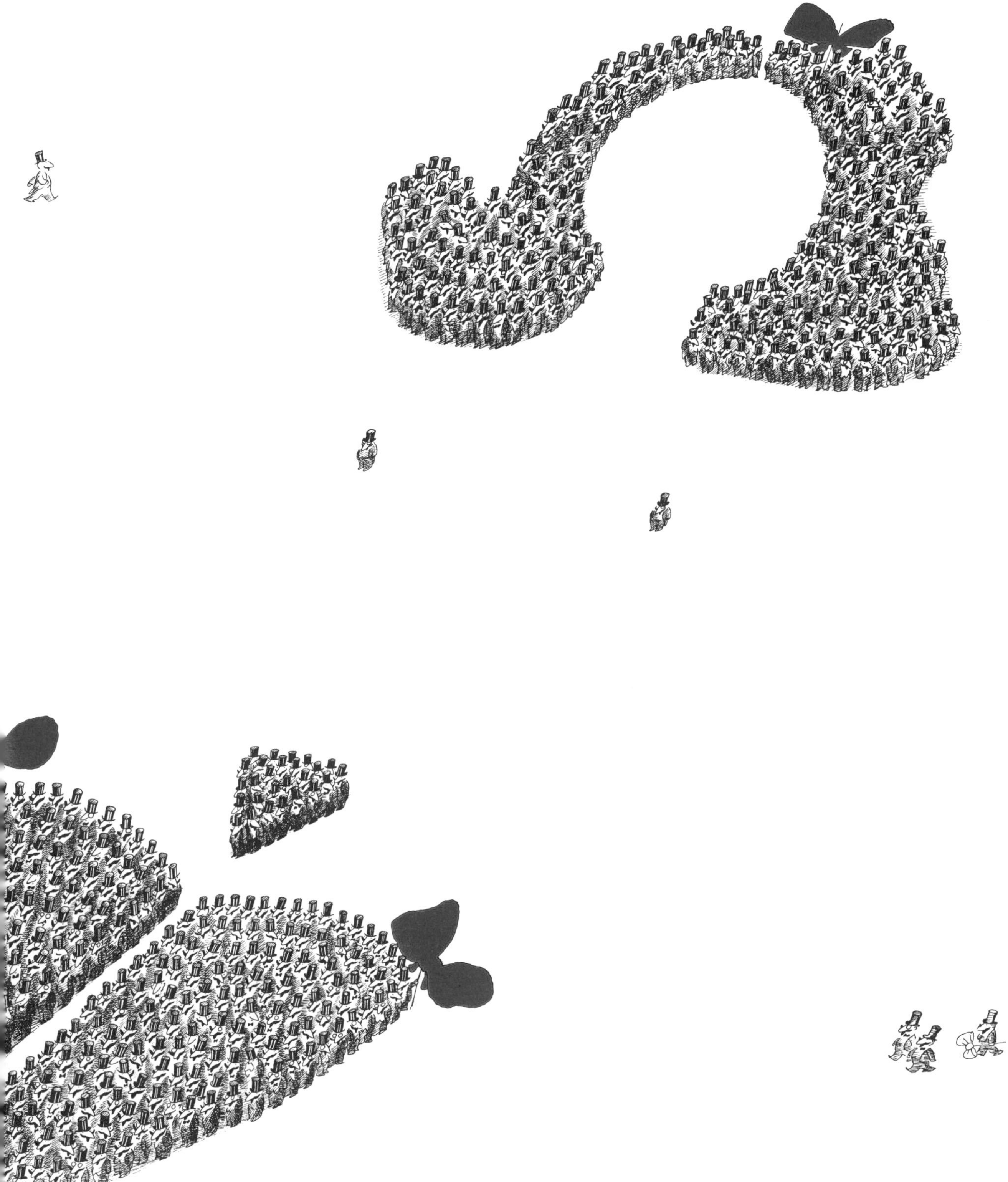

내게는 우울감에 빠져들 만한 심오하고 본질적이고 근본적인 이유가 있다고. 물론 행복감을 느낄 때도 있지. 그런데 그 행복감의 이유가 너무나도 하찮고 사소해서 난 또 우울해져.

내가 잠재된 기쁨을 활용하는 날에는 일대 소동이 날 거라고!

자네도 알아차렸겠지만, 참 희한한 건
요새 젊은이들이 불안과 걱정으로
가득 차 있다는 거야.

브로쇼 씨, 해답은 바로 당신에게 있어요. 해결의 열쇠가 바로 당신 안에 있단 말입니다. 그러니 스스로에게 총구를 겨누어 보십시오.

아, 우리도 마찬가지예요. 이제는 재미있는 사람들만 만나기로 했거든요.

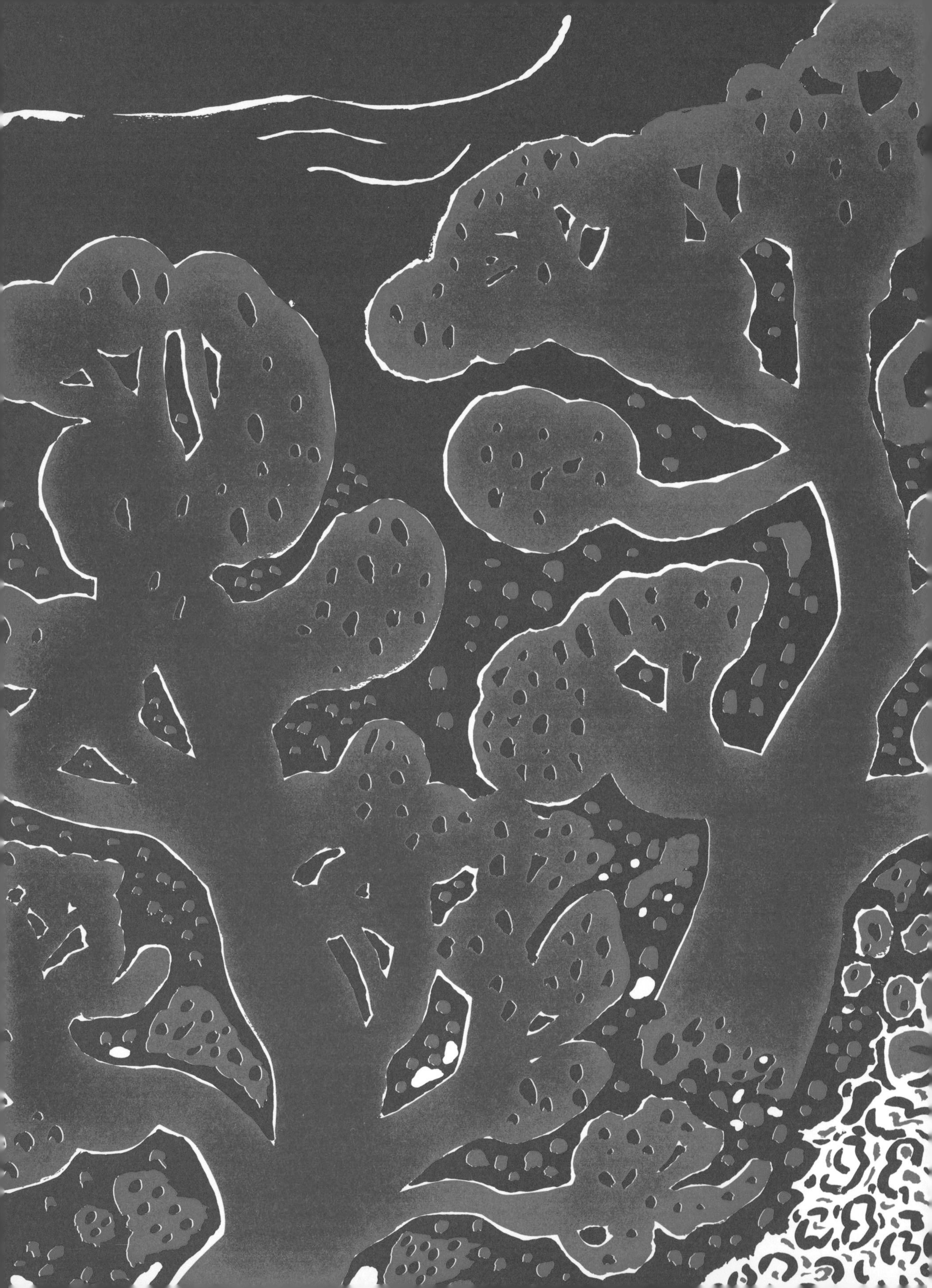

1

2

3

7

8

9

13

14

15

19

20

21

4

5

6

10

11

12

16

17

18

22

23

24

마틸드, 우리의 직업상 관계는 그대로 이어지겠지만, 이제 당신은 더 이상 내 꿈의 종착역이 아니야.

1

2

4

5

9

10

3

6

7

8

11

12

이번 기회에 저 양반이 제발 능력을 제대로 보여 주면 좋겠어요.
저 부인, 갈수록 자꾸 이혼 생각을 하더라니까요.

1

2

5

6

3

4

7

8

10

11

사랑을 하는 데 있어서 받는 것보다 주는 게 더 중요하다는 걸 깨닫는 순간 우리는 인생에서 크게 한 걸음을 내딛게 되지. 내 경우, 송아지 스튜에 사랑을 주기로 했어.

인간은 스스로를 사랑하지. 연애를 할 때도 우리는 상대를 통해 비치는 자신의 미화된 환상을 사랑하거든. 우리 둘은 애초부터 그게 불가능했다는 생각이 들지 않아?

계산을 해봤는데 말이야, 이 도시에 괜찮은 여자들은 2천 명 정도 있다고. 그중 4분의 3인 1천 5백 명 정도가 자기 삶에 불만족을 느끼며 살고 있지. 외롭다든가 남자 친구나 남편하고 문제가 있다든가 말이야. 그 가운데 5백 명은 여차하면 자기 삶을 바꿔 버릴 여자들인데, 바로 그중에 나한테 맞는 여자가 있을 거라고. 이건 뭐 의심의 여지가 없고, 나는 그 여자랑 행복한 삶을 누릴 수 있을 거야. 어떻게 하면 그 여자를 만날 수 있을까?
방법은 세 가지야. 우연히 만나거나 직장에서 만나거나 아니면 친구들 집에서 만나는 거지.
첫 번째, 우연히 만나는 경우 말인데 내 이상형이라면 길에서건 어디서건 모르는 사람과의 우연한 만남에 쉽게 넘어가지 않을 테니까 이 가능성은 없다고 볼 수 있어.
두 번째, 직장에서 만나는 경우 말인데 실은 나 일하는 여자 자체를 싫어해. 분명 매사에 적극적이고 자기 일에 지나치게 열정을 쏟아부을 테니, 이것도 틀렸지.
마지막으로 친구들 집에서 만나는 경우 말인데 애초에 나는 친구 자체가 별로 없어. 그나마 있는 친구들도 자기네 집으로 사람들을 불러들이는 타입이 아니야.
그러니 그냥 엘렌 옆에 붙어 있을 수밖에.

1

2

3

7

8

9

13

14

15

4

5

6

10

11

12

16

17

18

19

20

21

22

23 다른 여자를 사랑해.

행복을 갖고 싶어요! 행크의 〈행〉으로 시작하는 행복을요!

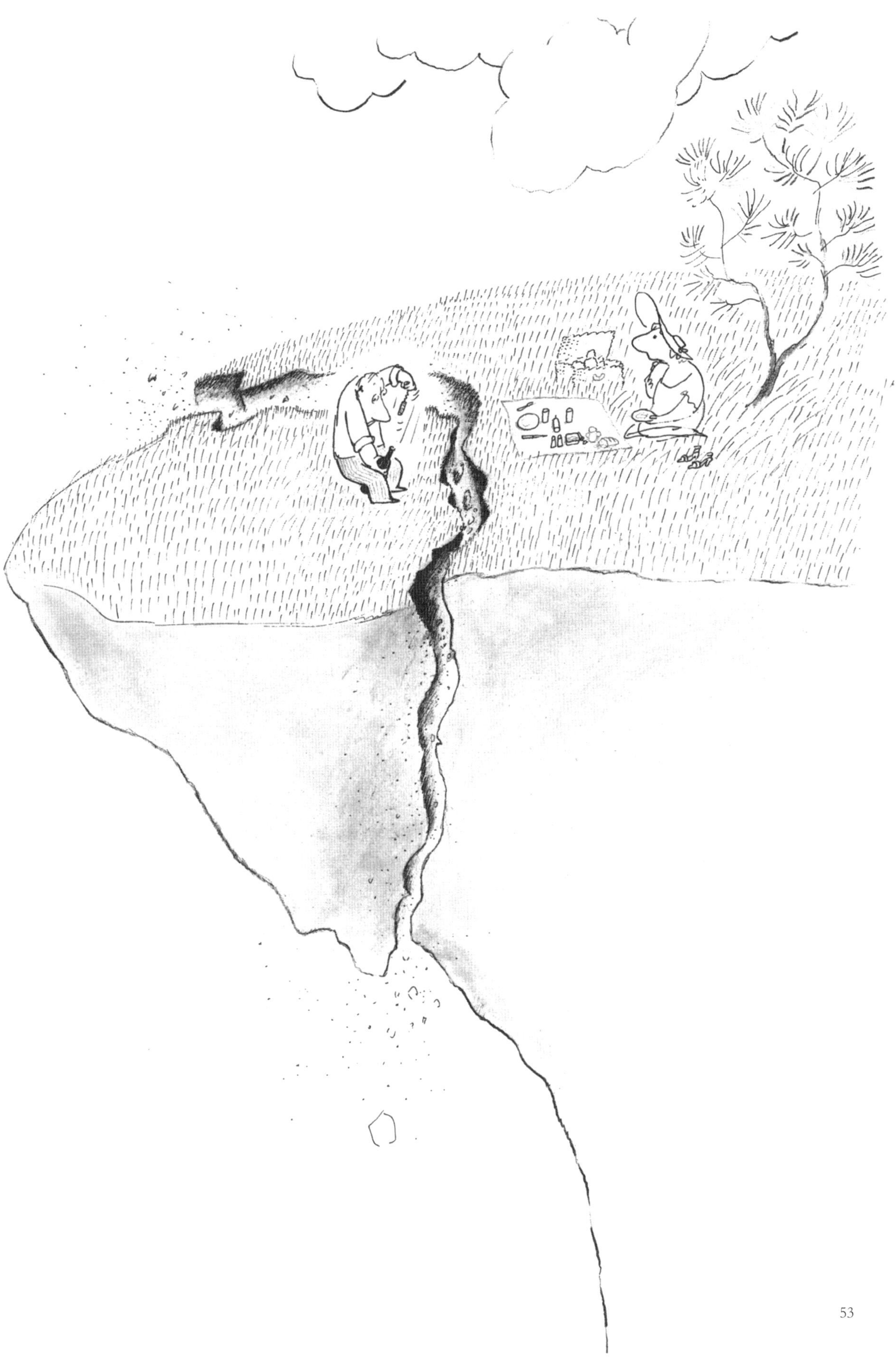

1

2

5

6

9

10

3

4

7

8

11

12

기억 안 나? 우리 예전에 그 히피 공동체에서 같이 살았던 이자벨 부샤랑 에리크 자뱅이잖아.

중증 사이코

지성…… 교양…… 만날 그러다 보니 어느 순간 이런 생각이 들더군. 〈좀 신나게 살아 보자고, 이제!〉 그래서 말이야, 책을 한 권 썼어.

나 저거, 토요일 저녁에 봤어.
연기는 잘하는데 내용은 뻔해.
어린 남자애한테 집착하는 남편과
레즈비언 아내 이야기야.
남편은 결국 열네 살짜리
여자애에게 이끌려 정상적인
길로 들어서고, 아내는 자기
큰아들이랑 자면서
오르가슴을 느끼게 돼.

CINEMA
CINEMA
CETTE SEMAINE
HOTEL
BOULANGERIE
J. BERNACHOU

이제는 강림도 요즘 스타일로 하는군요!

콰광!
번쩍!
사랑
평화
계속

오페라를 현대화하려는 시도가 오히려
감정의 몰입을 해치는군.

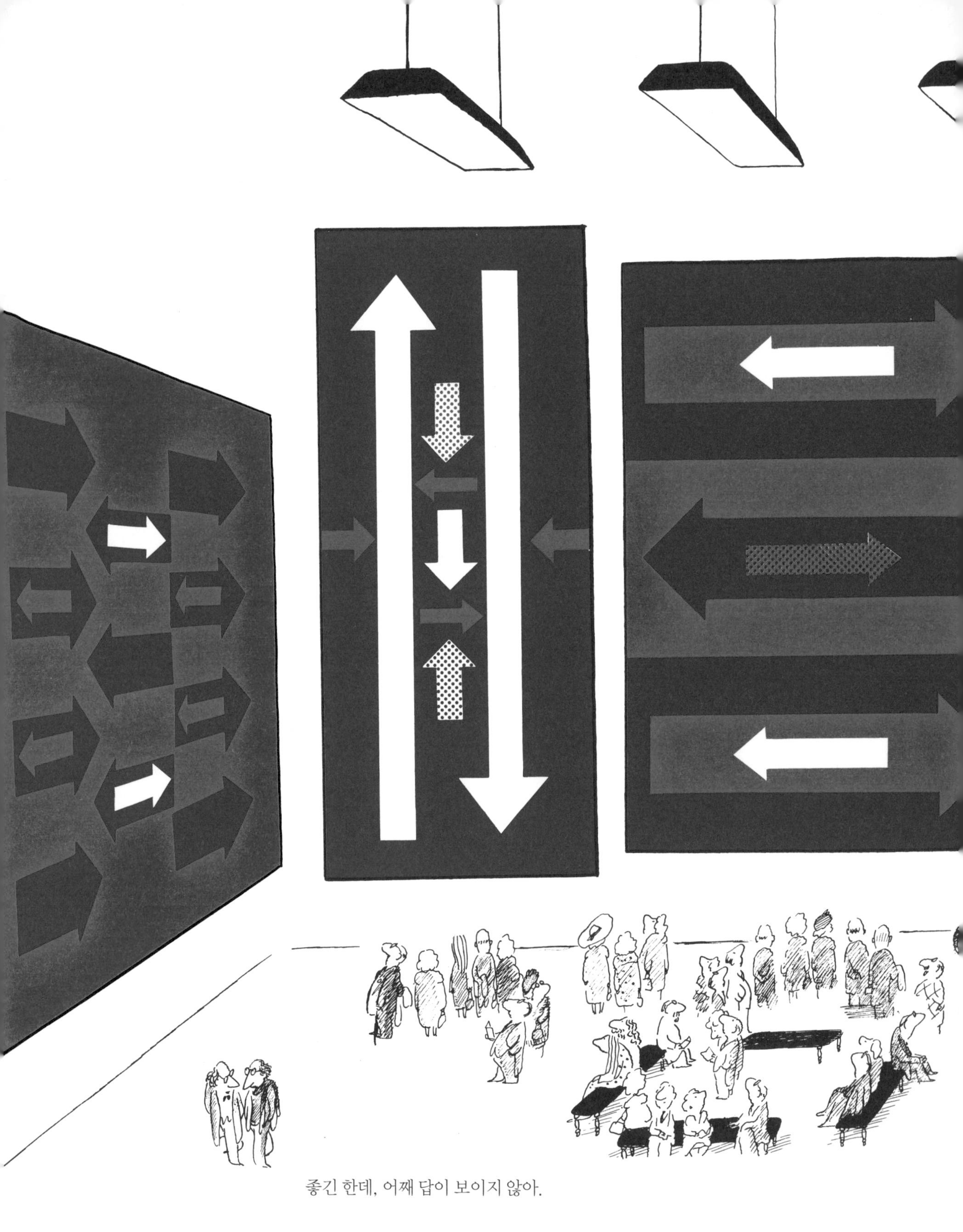

좋긴 한데, 어째 답이 보이지 않아.

마이크가 고장 났다는 걸
어떻게 설명하죠?

그러니까 롤랑드, 나를 그저 거대한 물음표로 보면 돼요.

만약 루이가 마리랑 결혼하면 개자리, 무, 옥수수 등을 얻을 수 있지. 그런데 그전에 루이가 베르트하고 자주 만났기 때문에 구스타브 노인네는 호밀밭으로 가는 통행권을 우리에게 넘겨주지 않을 거야. 그래서 로제에게 말했지. 내가 마리의 무 대신 밀밭 1헥타르를 넘겨주겠다고. 그러면 루이는 트랙터를 넘겨줄 수 있겠지. 그런데 만일 베르트가 아들 루베랑 결혼한다면 구스타브는 양배추와 밀의 절반을 내줘야 하지. 다음 해에 저들이 무밭을 만들 테니 루베는 이제 나한테 자기네 귀리를 넘겨주지 않을 거야. 그런데 제르멘 할망구 몸이 또 편치 않단 말이야. 만약 안 좋은 일이 생기면, 나는 옥수수 한 구획하고 보리를 주고, 레옹 영감이 〈목 매달린 남자의 길〉을 내어 주겠지. 하지만 루이가 베르니에네 집에 자주 가는데, 물론 그 집의 큰딸이 개자리와 호밀을 가지게 될 테고, 구스타브에게 아무 부탁을 하지 않더라도 모든 게 정리가 될 거야. 막내딸이 앙리하고 결혼을 한다면 말이지.

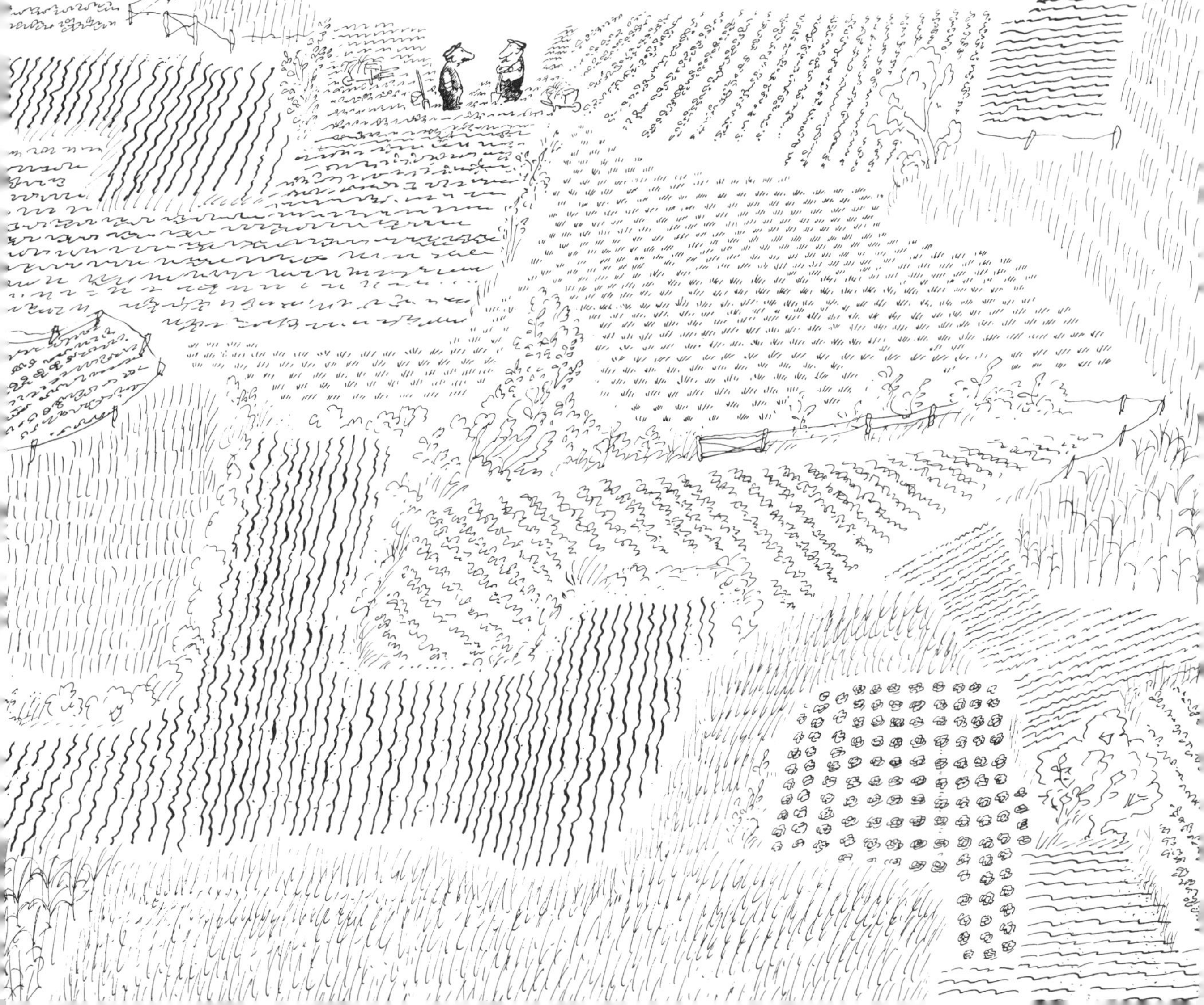

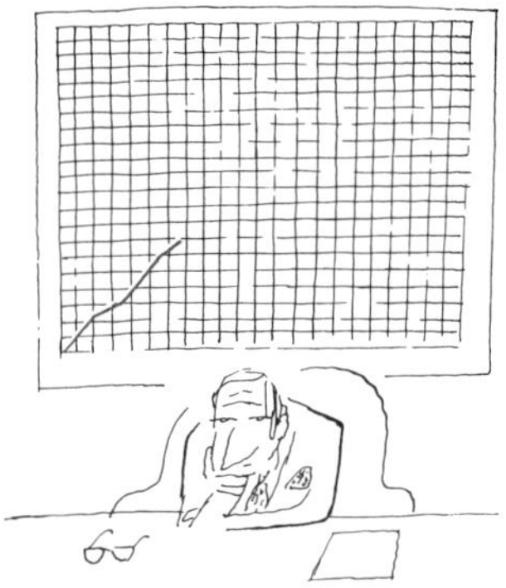

1

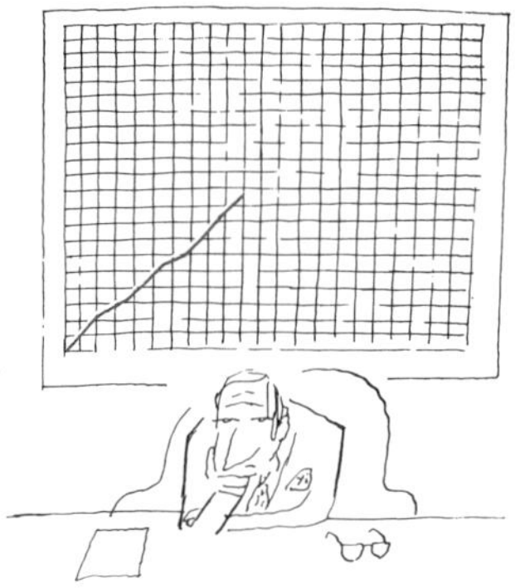

2

3

7

8

9

13

14

15

4

5

6

10

11

12

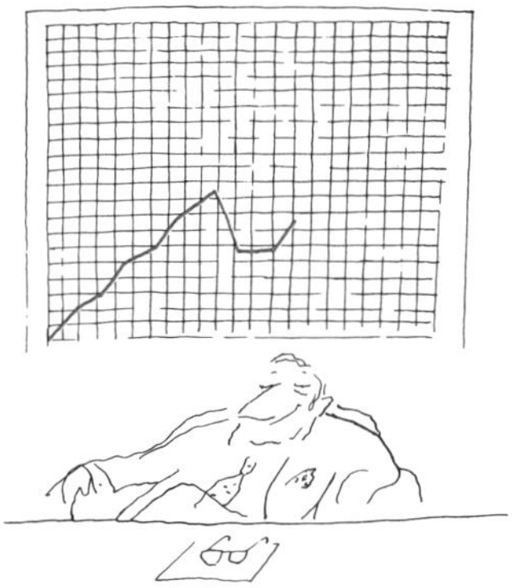

16

17

18

나!
나는 나!
오직 나뿐
나는 나일 뿐
난 달라
난 나야!
난 나야
나!
나는 나!
오직 나뿐
나!
난 나야
나!
난달라
오직 나
나는 나일뿐
나!

나!
나!
난 나야
나!
나는 나
나!
나!
나!
나!
난달라
나!
오직 나뿐
오직 나
나!
나!
나야
나는 나
나!
나!
나!
오직 나뿐
나!
나!
나!
나!
나!
나!
나!
나!
나!
나!
나!
나!
나!

이렇게 운치 있는 동네에 살고 있다니,
정말 좋겠어요.

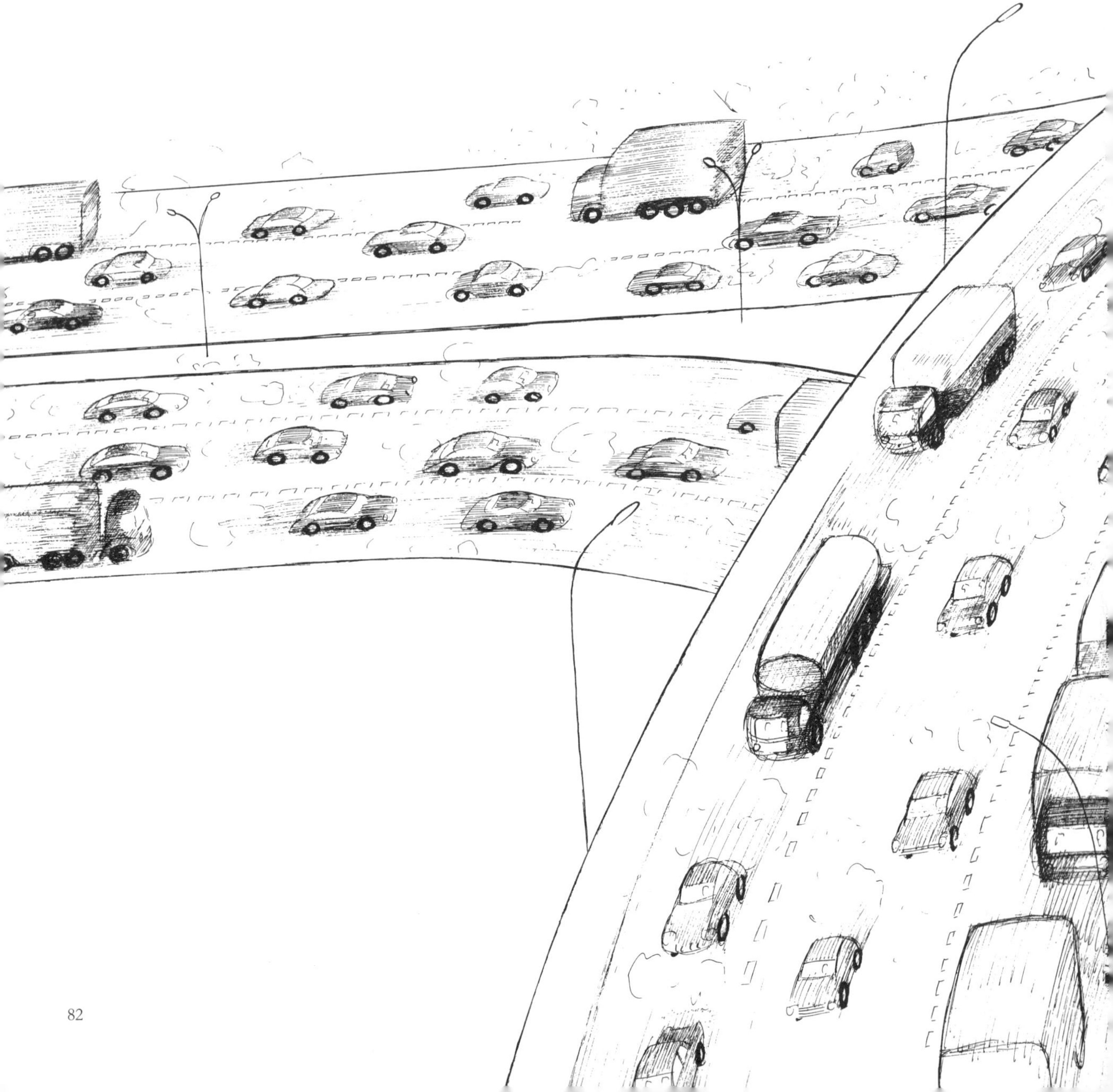

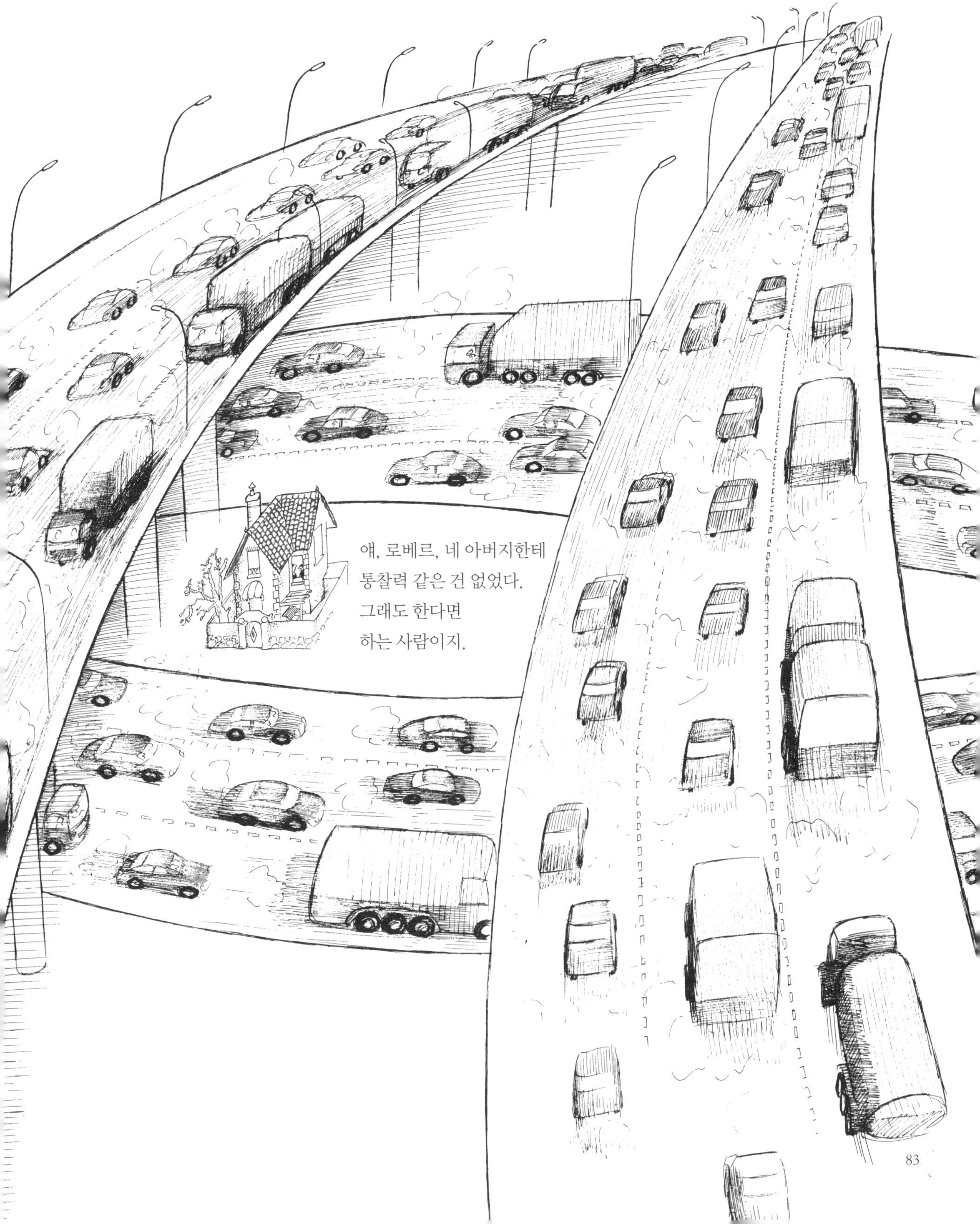

얘, 로베르, 네 아버지한테
통찰력 같은 건 없었다.
그래도 한다면
하는 사람이지.

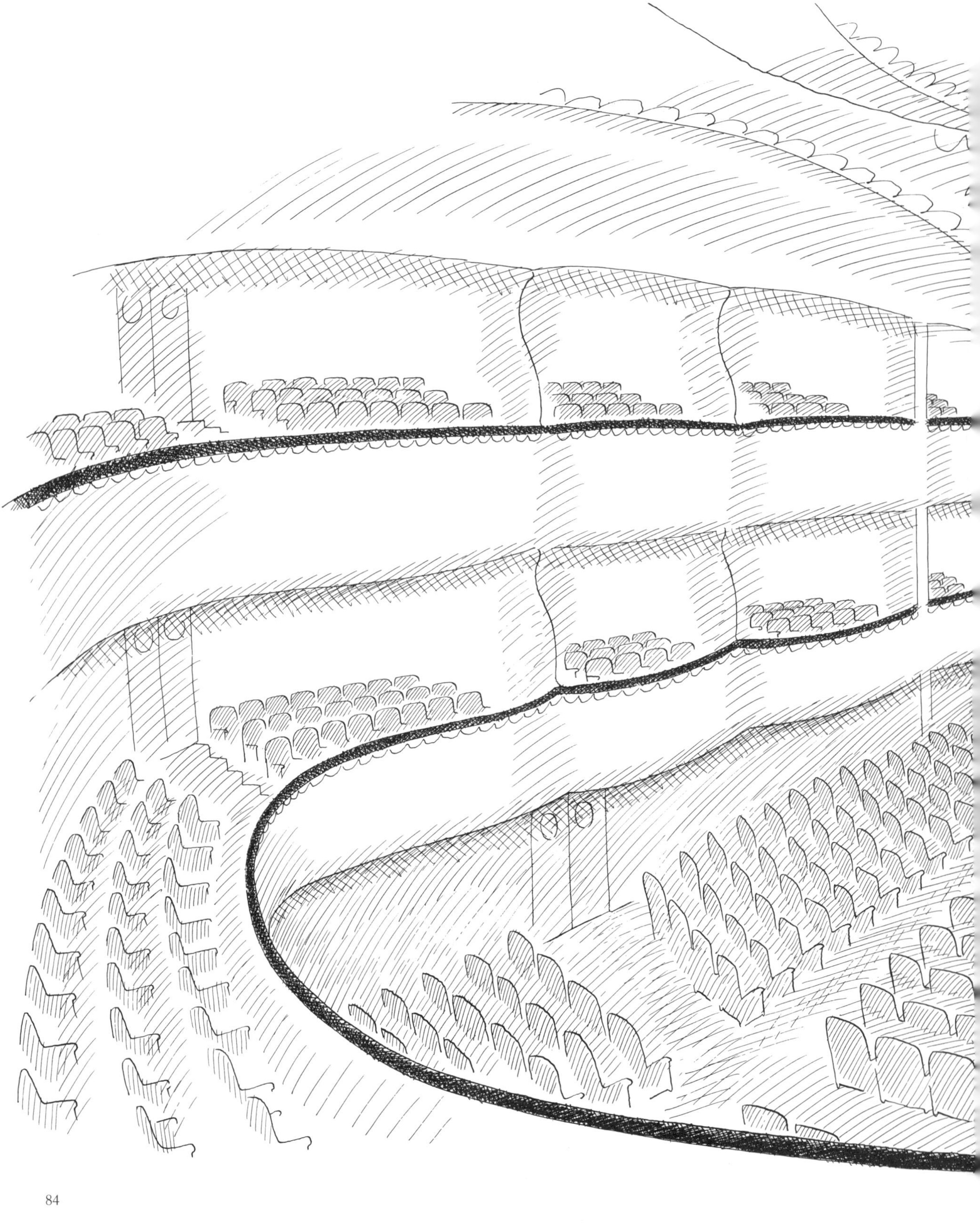

전용구역
전용구역
전용
수영장
사유지
접근금지
개인
컬렉션
전용 전화
전용
주차장
전용
산책로

이렇게 수다를 떨고 있긴 하지만,
실은 집안일이 좀 남아 있어.

BLEDINE 이유식

LA SECONDE MAMAN 제2의 엄마

GRAND CONCOURS 사은 이벤트

1ER PRIX - UN SUPERBE LANDAU 1등 고급 유모차

2E PRIX - UNE BELLE POUSSETTE 2등 휴대형 유모차

이번 4분기 실적이 저조한 것에 대해 저의 책임을
인정합니다. 다만 몇 마디만 하고 싶네요. 제가 어렸을 적
어머니께서는 저를 유모에게 맡기셨습니다. 하지만
유모는 저를 돌봐 주지 않았죠. 그러다 부모님께서
이혼하셨고 아버지가 저를 맡아 주시긴 했지만,
새어머니께서 오히려 더 저에게 집착을 하셨고…….

상대를 먼저 사라지게 하는 사람과 계약하겠소.

1

2

3

4

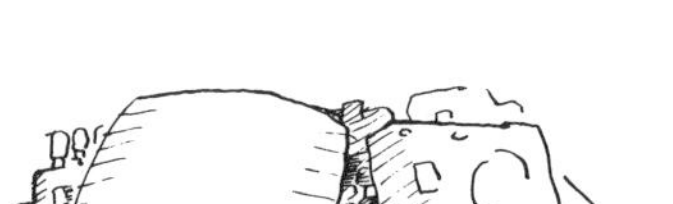

sempé

벌 받는 중이야.

아니, 원래 이렇게 기울어져 있었어요!

틀림없이 태곳적부터 시작됐을 이 본능에 대해 참으로
많은 생각이 든다네. 음식점에서 주문을 하면 왠지
내 음식이 다른 테이블로 갈 것 같은 불안감이 들어.

내가 개자식이라는 건 문제가 아니야.
그저 나 같은 놈들이 많다는 게 걱정이지.

적어도 나는,
뭔가를 하고 있다는 느낌은 든다고!

죽을 때가 되면 1분 동안 자기 일생이 파노라마처럼 스쳐 지나간다던데, 나는 그 1분이 두려워.

최근에 내가 말이야, 꿈의 원리에 대해 설명하고 그 의미를 알려 주는 책 몇 권을 읽었어. 그런데 간밤에 자네가 돼지 머리를 하고 있는 꿈을 꾸지 않았겠나. 그건 자네가 돼지라는 소리라더군.

내가 수도회에 들어온 이유는
획일화된 이 세상으로부터 도망치기 위해서야.

재재작년 나는 122등을 했고 베르니에는 121등을 했어.
재작년 나는 121등을 했고 베르니에는 120등을 했어.
작년에 나는 120등을 했고 베르니에는 119등을 했지.
올해 나는 만세를 외칠 수 있어. 베르니에가 아프거든.

너무 성급했나 봐. 지금 보니 배가 가라앉질 않네.

1

2

3

7

8

9

13

14

15

4

5

6

10

11

12

16

17

18

지금까지 〈우주 최대의 걸작, 위기에 처하다〉였습니다.

마주 보기

옮긴이 배영란은 한국외국어대학교 통번역대학원에서 순차 통역 및 번역 석사 학위를 받았고, 현재 전문 번역가로 활동 중이다. 옮긴 책으로는 『미래를 심는 사람』, 『내 감정 사용법』, 『인간이란 무엇인가』, 『우리 안에 돼지』, 『실수 없이 제대로 사랑할 수 있을까』, 『세 개의 그림자』, 『불온한 생태학』, 『꿀벌과 철학자』, 『책의 탄생』, 『에펠 스타일』 등이 있다.

글·그림 장자크 상페 **옮긴이** 배영란 **발행인** 홍지웅·홍예빈 **발행처** 주식회사 열린책들 **주소** 경기도 파주시 문발로 253 파주출판도시 **전화** 031-955-4000 **팩스** 031-955-4004 **홈페이지** www.openbooks.co.kr **ISBN** 978-89-329-1900-3 03860 **발행일** 2013년 11월 20일 초판 1쇄 2018년 9월 15일 신판 1쇄

이 도서의 국립중앙도서관 출판예정도서목록(CIP)은 서지정보유통지원시스템 홈페이지(http://seoji.nl.go.kr)와 국가자료공동목록시스템(http://www.nl.go.kr/kolisnet)에서 이용하실 수 있습니다.(CIP제어번호: CIP2018023019)